Felipe Franco Munhoz

A BÚSSOLA ADÚLTERA

COLEÇÃO
polyphonia

A BÚSSOLA ADÚLTERA

A BÚSSOLA ADÚLTERA

A BÚSSOLA ADÚLTERA

A BÚSSOLA ADÚLTERA

A BÚSSOLA ADÚLTERA
A BÚSSOLA ADÚLTERA
A BÚSSOLA ADÚLTERA

A BÚSSOLA ADÚLTERA

A BÚSSOLA ADÚLTERA

A BÚSSOLA ADÚLTERA
A BÚSSOLA ADÚLTERA
A BÚSSOLA ADÚLTERA

A BÚSSOLA ADÚLTERA

A BÚSSOLA ADÚLTERA

Editora Ars et Vita
Ars et Vita Ltda.
Avenida Contorno, 7041/101 | Lourdes | CEP 30110-043
Belo Horizonte - MG - Brasil
www.arsetvita.com

Publicado mediante acordo com LVB&Co. Agência Literária.
Capa, projeto gráfico e editoração eletrônica: Marcello Kawase
Revisão: Luiz Gustavo Carvalho

1ª edição – 2024

Dados Internacionais de Catalogação na Publicação (CIP)
(Câmara Brasileira do Livro, SP, Brasil)

Munhoz, Felipe Franco
A bússola adúltera / Felipe Franco Munhoz. -- Belo Horizonte, MG : Ars et Vita, 2024.

ISBN 978-85-66122-19-0
1. Poesia brasileira I. Título.

24-216037 CDD-B869.1

Índices para catálogo sistemático:
1. Poesia : Literatura brasileira B869.1
Eliane de Freitas Leite - Bibliotecária - CRB 8/8415

A BÚSSOLA ADÚLTERA

Felipe Franco Munhoz

ARS et VITA

Para um barqueiro
de um rio *da Vida* ——
Irineu Franco Perpetuo.

Personagens

Coro *de personagens pictóricos*
Personagem pictórico/Pianista
Suposto Mefistófeles
Charlotte
Fausto criança, *pretérita* menina
Mariana
Fausto
Caronte
Personagem pictórico/Caronte
Nala
Alan
Transeunte
Entregador
Vizinho, silhueta
Julia, virtual
Personagem pictórico/Saturno
Personagem pictórico/Dr. Tulp
Personagem pictórica/Sitzende Frau
Personagem pictórico/Operário
Mefistófeles

cortina – Voz *cortina* – Voz *cortina* – Voz *cortina* – Voz
– Voz *cortina* – Voz *cortina* – Voz *cortina* – Voz *cortina*
cortina – Voz *cortina* – Voz *cortina* – Voz *cortina* – Voz
– Voz *cortina* – Voz *cortina* – Voz *cortina* – Voz *cortina*
cortina – Voz *cortina* – Voz *cortina* – Voz *cortina* – Voz
– Voz *cortina* – Voz *cortina* – Voz *cortina* – Voz *cortina*
cortina – Voz *cortina* – Voz *cortina* – Voz *cortina* – Voz
– Voz *cortina* – Voz *cortina* – Voz *cortina* – Voz *cortina*
cortina – Voz *cortina* – Voz *cortina* – Voz *cortina* – Voz
– Voz *cortina* – Voz *cortina* – Voz *cortina* – Voz *cortina*
cortina – Voz *cortina* – Voz *cortina* – Voz *cortina* – Voz
– Voz *cortina* – Voz *cortina* – Voz *cortina* – Voz *cortina*
cortina – Voz *cortina* – Voz *cortina* – Voz *cortina* – Voz
– Voz *cortina* – Voz *cortina* – Voz *cortina* – Voz *cortina*
cortina – Voz *cortina* – Voz *cortina* – Voz *cortina* – Voz
– Voz *cortina* – Voz *cortina* – Voz *cortina* – Voz *cortina*
cortina – Voz *cortina* – Voz *cortina* – Voz *cortina* – Voz
– Voz *cortina* – Voz *cortina* – Voz *cortina* – Voz *cortina*
cortina – Voz *cortina* – Voz *cortina* – Voz *cortina* – Voz
– Voz *cortina* – Voz *cortina* – Voz *cortina* – Voz *cortina*
cortina – Voz *cortina* – Voz *cortina* – Voz *cortina* – Voz
– Voz *cortina* – Voz *cortina* – Voz *cortina* – Voz *cortina*
cortina – Voz *cortina* – Voz *cortina* – Voz *cortina* – Voz
– Voz *cortina* – Voz *cortina* – Voz *cortina* – Voz *cortina*
cortina – Voz *cortina* – Voz *cortina* – Voz *cortina* – Voz
– Voz *cortina* – Voz *cortina* – Voz *cortina* – Voz *cortina*
cortina – Voz *cortina* – Voz *cortina* – Voz *cortina* – Voz
– Voz *cortina* – Voz *cortina* – Voz *cortina* – Voz *cortina*
cortina – Voz *cortina* – Voz *cortina* – Voz *cortina* – Voz
– Voz *cortina* – Voz *cortina* – Voz *cortina* – Voz *cortina*
cortina – Voz *cortina* – Voz *cortina* – Voz *cortina* – Voz
– Voz *cortina* – Voz *cortina* – Voz *cortina* – Voz *cortina*
cortina – Voz *cortina* – Voz *cortina* – Voz *cortina* – Voz

cortina – Voz *cortina* – Voz *cortina* – Voz *cortina* – Voz
– Voz *cortina* – Voz *cortina* – Voz *cortina* – Voz *cortina*
cortina – Voz *cortina* – Voz *cortina* – Voz *cortina* – Voz
– Voz *cortina* – Voz *cortina* – Voz *cortina* – Voz *cortina*
cortina – Voz *cortina* – Voz *cortina* – Voz *cortina* – Voz
– Voz *cortina* – Voz *cortina* – Voz *cortina* – Voz *cortina*
cortina – Voz *cortina* – Voz *cortina* – Voz *cortina* – Voz
– Voz *cortina* – Voz *cortina* – Voz *cortina* – Voz *cortina*
cortina – Voz *cortina* – Voz *cortina* – Voz *cortina* – Voz
– Voz *cortina* – Voz *cortina* – Voz *cortina* – Voz *cortina*
cortina – Voz *cortina* – Voz *cortina* – Voz *cortina* – Voz
– Voz *cortina* – Voz *cortina* – Voz *cortina* – Voz *cortina*
cortina – Voz *cortina* – Voz *cortina* – Voz *cortina* – Voz
– Voz *cortina* – Voz *cortina* – Voz *cortina* – Voz *cortina*
cortina – Voz *cortina* – Voz *cortina* – Voz *cortina* – Voz
– Voz *cortina* – Voz *cortina* – Voz *cortina* – Voz *cortina*
cortina – Voz *cortina* – Voz *cortina* – Voz *cortina* – Voz
– Voz *cortina* – Voz *cortina* – Voz *cortina* – Voz *cortina*
cortina – Voz *cortina* – Voz *cortina* – Voz *cortina* – Voz
– Voz *cortina* – Voz *cortina* – Voz *cortina* – Voz *cortina*
cortina – Voz *cortina* – Voz *cortina* – Voz *cortina* – Voz
– Voz *cortina* – Voz *cortina* – Voz *cortina* – Voz *cortina*
cortina – Voz *cortina* – Voz *cortina* – Voz *cortina* – Voz
– Voz *cortina* – Voz *cortina* – Voz *cortina* – Voz *cortina*
cortina – Voz *cortina* – Voz *cortina* – Voz *cortina* – Voz
– Voz *cortina* – Voz *cortina* – Voz *cortina* – Voz *cortina*
cortina – Voz *cortina* – Voz *cortina* – Voz *cortina* – Voz
– Voz *cortina* – Voz *cortina* – Voz *cortina* – Voz *cortina*
cortina – Voz *cortina* – Voz *cortina* – Voz *cortina* – Voz
– Voz *cortina* – Voz *cortina* – Voz *cortina* – Voz *cortina*
cortina – Voz *cortina* – Voz *cortina* – Voz *cortina* – Voz
– Voz *cortina* – Voz *cortina* – Voz *cortina* – Voz *cortina*
cortina – Voz *cortina* – Voz *cortina* – Voz *cortina* – Voz

Prelúdio. Programa [e Rubrica sobre o piano] ———
Brahms

Paisagens imaginárias (2023)
1. São Paulo: espelhos e mapas
Radio Music
Estudo n.º 11, Spleen, Andante
Imaginary landscape n.º 1
Le sacre du printemps
Kinderszenen, Op. 15: 7. Träumerei

Fausto: 14 + 1 (2016)

Paisagens imaginárias (2023)
2. Brasília: tríptico
Space oddity
Space oddity
Verklärte Nacht, Op. 4
La lugubre gondola, S.200 n.º 2

Arcaicos cantos de Caronte (Século VII a.C.)
1. Segundo movimento
2. Quarto movimento
Cantos de Caronte

Paisagens imaginárias (2023?
2024?)
3. L'Empire des Lumières II / Sobrado
Rainbirds
Amplified imagination

Duas canções populares (2024)
1. O tigre, tigre avança
2. Duplo falso par

Paisagens imaginárias (2024)
4. Quebra-cabeça / Torre

Variações Goldberg, BWV 988
Jaguar mirror

Aqueronte: condições climáticas (Século II a.C., 2023)
1. ?º
2. ?º [inabalável?]

Cantos de Caronte
A música das nádegas [O jardim das delícias terrenas]

Paisagens imaginárias (2024)
~~5. Em obras: interditada~~

A volta do parafuso? Paralaxe (2016)

Bildungsroman (1996)
Bildungsroman

Kinderszenen, Op. 15: 7. Träumerei

Coxias
1. A fábrica
2. Blecautes

Paint it, black
Spray paint

Epílogo: paisagem inimaginável (2024)
O inimaginável

Closing time
Quinteto para clarinete em Si Menor, Op. 115, II. Adagio

*Uma escada, concebida por M. C. Escher, acessa um piano suspenso: salientando-se de uma das coxias. É um Steinway & Sons. Tímido? Porque sua cauda, intervenção de Frank Lloyd Wright, enterra-se na alvenaria. Entra o Coro: indelével (*delével, sim?*); é um Coro de personagens pictóricos. Entra o litográfico* Mangeur de soleil *de Joan Miró; entra o monopríntico* Angelus novus *de Paul Klee; entra o irônico* Negro policeman *de Jean-Michel Basquiat; e entra um dos notívagos* Nighthawks *de Edward Hopper; e entra uma* Frida *de Frida Kahlo; e entra um* Monsieur Plume *de Henri Michaux; e entra o* Pianista *de Liubov Popova (que será tanto o pianista das músicas do programa – que necessitam do instrumento – quanto um suave-errático* delay *das gravações no sistema de som), degrau, degrau, degrau, ele acomoda-se à banqueta (outrora pertencente ao mobiliário do quarto de Suposto Mefistófeles). Personagem pictórico/Pianista executa* Brahms, *de John Cale. Personagem pictórico/Pianista recolhe uma folha que repousava em um porta-partituras e lê, para o público, esta rubrica.*

Paisagens imaginárias

São Paulo, 2023; novembro. Sobre o palco, a Instalação A: *estilhaços plurais de espelhos e retalhos plurais de mapas da cidade de São Paulo – pendentes em diversas alturas. Começa a tocar John Cage:* Radio Music (Part F) *(ref. gravação de Faust, de 2010); em 00'59", a música é interrompida. Entra Suposto Mefistófeles.*

1. São Paulo: espelhos e mapas

Asfalto sobre terra ancestral;
a língua sobre tela em museu;
grafite sobre graxo vitral;
e sobre a palma, a placa tremeu;

gaivota paira em pálida luz;
ninguém responde aos ecos, Alô?;
e, abaixo, e, quem?, ninguém o conduz,
dispara, contra o tempo, o metrô.

Olhei no espelho
e vi São Paulo;
e São Paulo olhou
no espelho e viu
você. Trançando
artérias, túneis:
mapa atravessa mapa
e tudo assim se vê.

Perdeu-se, o quê?, na caixa de spam;
mesclado a tantas vozes: do além,
do slam, de festa sacra e pagã,

de rap, funk e punk, também.

Começa a tocar Francisco
Mignone: Estudo n.º 11, Spleen,
Andante *(ref. gravação de Fabio*
Zanon, de 2022); a partir de
1'00".

Testando a sorte em farsa cruel,
depois do *pint* em *pub* irlandês,
com balas de festim, no motel,
roleta russa – a febre da vez.

Olhei no espelho
e vi São Paulo;
e São Paulo olhou
no espelho e viu
você. Trançando
artérias, túneis:
mapa atravessa mapa
e tudo assim se vê.

um retrato

: preso
em um cavalete de vidro |
que deseja

E a neta de um judeu alemão,

fazendo malas rumo a Berlim,
propôs que seu veloz coração
passasse feito vento por mim.

um retrato

: preso
em um cavalete de vidro |
que deseja

Vivemos nossa búria de amor
nas vinte e quatro horas finais;
mas quem seria astuto em supor
que o vento não se iria, jamais?

Olhei no espelho
e vi São Paulo;
e São Paulo olhou
no espelho e viu
você. Trançando
artérias, túneis:
mapa atravessa mapa
e tudo assim se vê.

Em 2'36", de repente, a música é subst*ituída por John Cage:* Imaginary landscape n.º 1 *(ref. gravação da Manhattan Percussion Ensemble, de 1960); a partir de 2'37". Blecaute e* Imaginary landscape n.º 1 *perdura. Em 5'23", oscilantes iluminações da coxia do piano sugerem Charlotte; ela assopra um fagote (integrando-se à paisagem de Cage): Igor Stravinsky:*

Le sacre du printemps *[o início da* Parte 1. Introdução, *o suficiente para que seja reconhecível]. Blecaute. Em 6'53", oscilantes iluminações da outra coxia sugerem Fausto criança,* pretérita *menina; ela gira uma caixinha de música (integrando-se à paisagem de Cage): Robert Schumann:* Kinderszenen, Op. 15: 7. Träumerei *[o suficiente para que seja reconhecível].* Imaginary landscape n.º 1 – *ao desfecho. Blecaute.*

Atroz,
à Terra
Estéril,
seta amara

Fausto: 14 + 1

*Interior do estado de São Paulo, 2016; dezembro. Noite. Mariana, uma adolescente, e Fausto estão no repugnante banheiro de um posto de gasolina – fechado, abandonado? –, ermo, à beira de uma rodovia. No chão-*cinzeiro, pontudo, *a* Fonte *de Marcel Duchamp. Mariana berraÁá! Para Mariana, cada movimento é um pequeno, lento e cáustico circuito infinito. Fausto riHá! Para Fausto, cada movimento é linear, acelerado e orgástico. Um, dois, três, catorze movimentos: que compõem uma suíte: que, por sua vez, também configura, para Mariana, um cáustico circuito infinito. Ao término do movimento-soneto* Catorze: *blecaute?*

breu; no posto deserto, vil mictório
quem diria?, depois do afinco, intento
qual vulcânico humor, um compulsório
gosto: o mastro estufante ao mais sedento
gozo; Fausto perquire o novo espaço
, ladra infame ferida (que dormia?)
por detrás de – lascado – vidro baço
: desde cedo, furtou-se à cortesia
: cada nota puxando um contraponto
com veloz inversão do primo clima,
desce ao baixo, fictício?, prato pronto?
cale a boca!, o babaca neca estima
; riso irrompe, nervoso? *o riso, adestro*
: brusco: todo sentido aponta: sestro

; lasso, o músculo *enfim, brutal veleiro*
, Fausto pensa, limpando, ileso, o rubro
fogo, à pedra, vertente: elã: primeiro
coito; feito; menores rastros, cubro
, muito esfrega, repete, intenso atrito
, voltam laivos *repito*, a voz paterna
, voltam chispas, também, de tom bendito
: coxas contra vestido, perna e perna
: ventos contra o melódico fagote:
triz e: forma-se, à frente, a Primavera
, pode ouvir, enxergar Paixão, de Lotte
Deus!, cabal maravilha não supera
; logo afasta-se a graça *falso, guardo*
: crava a (torpe) atenção no próprio dardo

– crespa, gela um tremor ao ser corpóreo
céus; memora-se *ataque violento:*
disse urrante: refute, e: seu velório!
; resta a sombra do monstro no cimento
, dói?, nas dores, deleita-se, devasso
disse puta!, você verá, vadia!
fato, agora, infinito, o nosso laço
; da menina, o destino, olé, corria
grave *fusa..!, febril..?* –, ficando tonto
(mas, perfeito, esse encanto desanima)
, perde, Fausto, a noção de Vero e Conto
lume pleno; fulgura, brilho..!, acima
; vem do escroto de riso?, tal maestro
vivo, germe de enlevo, ardil, sequestro

: quando, em jato, projeta-se, fumeiro
peso impus, toneladas (que descubro)
, para, então, esgarçá-la ao chão-cinzeiro
(sujo templo: cruel, pagão delubro)
, dói?, o fel reprimido, fel constrito
, falta, às trevas de si, qualquer lanterna
firme: agora, começa'o nosso rito
(junto às trevas dispostas n'área externa);
sob a pausa fortuita *dó?, derrote!,*
sobre bafo e suores, Fausto espera
: doido?; rasga, num súbito, o decote
paira, supradesvios, mão severa:
ri, burlante, imprimindo alheio fardo
fero imundo; percebe *sem aguardo*

– lança listras pujantes pelo piso
; fresco apreço: do lúgubre, este artista
(golpe a golpe, o pincel passou preciso)
cria Nojos; de Fausto, Fausto dista?
; [...] longe? [...]; ofega, a *pretérita* menina
pilhas fracas, trocei; vexame: há pouco
, virgem: tato, contato e: carne ensina
carne rumo à desdita (em curso louco);
■ breve? ■, a pausa, comprida: névoa brava,
mera farsa: dispersa; já respira
pois defino: modele, inteira, escrava!:
pune oculto pecado: cega mira
; franze a testa: pressente Caos *novato?*
: *pingo* o fluxo – atingindo até o sapato

: gota a gota, respingos mancham tudo
: porco-abstrato: confere *imenso estrago*
; viscos, peles, mistura, o chão pontudo
, mofos, medos: injúrias mil, propago
, zero pêsame, rapto consumado,
mal-estar absoluto, assim, fervente;
língua, gesto, gemido; *em queda?* o dado
face Treze *de agouro?*: cai torrente
densa; inspira: sorvendo efeito franco –
puro pútrido chumbo (chove?, fora)
prenda!: o tórax palpita agudo tranco
ceifa o dique (desnuda, a cruz piora)
, neste instante?; na mente, Fausto embota:
preto –: extremo?; vomita: volve a cota

; Fausto, *dobro, os manejos?* indeciso
curto?, espreita o secreto, espreme a vista
; culpa?, nula *remorsos, carbonizo*
; quero, mesmo, fruir da fibra mista;
gris, divisa, vencida, a feminina
massa: escória; *fruir de arroubo rouco*
peito?, nunca regressa (além: ruína)
livre: nunca o tranquilo, cru, tampouco:
brasa; um carro, ligeiro, cruza a cava
; chove: o cheiro, borracha?; apaga, a pira?;
tredo; leve garoa *marcas, lava?*
: zanza, o fluido; remoto?, à flama, urdira?
fina, a trama confusa: turvo trato
: pus e mel; chacoalhante: ao termo exato

, farto CHEGA (decreta, o macho mudo)
; galga escora, à relapsa *lápis?, trago*
culpa; *apalpo* rochedo após veludo
(trapo inato) farpante: caixa, *afago*
fronte; fita (no espelho?) o solo *fado?*
, *par*: opíparo ninho?, grã serpente!
: lá, rasteja, o presente profanado;
Fausto estica tendões, alcança?, urgente
, risco tênue, produz?, ruído?.. branco?,
microinseto, na elipse (claro, implora),
roça o teto; gravando, o traço *arranco*
: fúria; ao saco de raios réus, demora
, magro aviso, um letreiro, à triste rota
zíper Norte, e, remate, incônscio, brota

míssil *FRUCTUS–INFERNUM*; baque, tomba:
casca inerte *rabisco: afresco* e fula
, rija polpa *o casulo?*; centro: bomba,
cofre: explode?, *enfartando?*, quica, pula:
choque: escombros, fumaça *afunda, o barco?*
; range, Fausto, seiscentos dentes, rilha,
morde, o lábio: corrói cratera ao parco
sumo: jovem desejo: amor?, guerrilha?,
senso insano?; durante um tempo, a cena
foge aos olhos; trovoa; fora, a tinta
raiva? cobre, tatua, a extinta, amena
tempo agente a favor da ação: faminta
, rua aqui gargalhou-se à angústia à toa
: bica?: enxurros errantes?; *finis*?, voa

raso, um pássaro débil; masca o asco
: bronco algoz, concluindo, em suma, disso:
peste à frágil cebola *ao nó, descasco,*
talha o imo *remexe, ardor maciço*
; jaz, canoa, submersa: à crista, espuma
cuspe, bile; domina, expande, alinha:
mapa humano; soterra, o *x*, alguma
zanga?: e néctar oposto, flor, bainha,
toma Fausto, de assalto; e: bis?; a dura
Noite, n'água, dissolve-se aquarela;
moça: agrega-se à antiga tez, textura
força, bíceps: corisco, assaz, martela
crassa; ao Réprobo, o cérebro maroto
: zigue-zague: batendo-se ante esgoto

fixo ao tino; entretida, a extensa tromba:
nada; o plano matar o pai?, calcula:
praga à porta: vacile!, a praga arromba!
: quebra o trinco em voraz, perversa, gula
nóxia, infesta *vingança: tento, marco!*;
prova – a prévia dos – sonhos, armadilha:
flecha (e Fausto vislumbra espúrio arco)
valsa Três-um-dois-Três: à estrada, trilha,
via: alvéolo: silêncios, envenena;
cor?, de sangue; estralante, velha cinta
rude; a ideia, mirrando?, *à quente antena:*
casa e crânio, -cos-Ca-cos-Crâ-: tilinta
prega peças: fantasma?, a pique?, à proa?
, zarpa; encolhe?, o conduto (estreito?, ecoa?)

finge meio desmaio *tapas, tasco*;
verso à máscara Humilde, alguém submisso
, lufa o gênio de Fausto!, astuto ao frasco!
: dano e troco, lascívia: ator, feitiço;
dele, o toque grosseiro, desarruma
dentro: instala-se Hostil, toxina à vinha
; lesto pasmo: tritura seixo e pluma:
pó subindo, motriz (a fé, definha (?));
ruge (acorda (?)), um leão: *vibrato* fura,
lanha véus de lembranças: ânsia, atrela
corte o sexo: oprimido: estrela obscura
perto: o globo, assombroso, enorme cela
, bebe as vagas: derrapa?, o mau piloto
, lambe a lona?; o melhor juízo, roto,

mostra / esconde *penumbra?*; à zona, estorvo
: chucro, em súplica *ofício, pão*; percute
ranço; em cacos: *futuro, esponja?, absorvo,*
chupo o lodo; preparo, aos ossos, chute
sortes; pega a pistola *ah*, tenra idade
pulcra; abafa, destrói: farol selvagem
cede: a crença em Divino *alvejo* evade
lenta, adágio, de grão em grão: bagagem
rala e rala; detritos: *crise: alerto*
gosmas; [*entra o bolor*] projétil criva
: borra; em sola, andarilha *ao rés*, desperto
gasta, Fausto resmunga: vã deriva
, nauta; céu carregado / seco pasto
fende frestas: porém: vitral nefasto

: duplo quadro do Reles; fosco; torvo
Safo, em parte, e, sinistro, em parte, Bute
rei do engano?: carniça, presa, e corvo?;
forte: assolo e piscante (ao bojo), - l - u - t - e -
, sente o viço *pungente*; rosna *invade*
, vulto horrível; gritando, volta, a imagem
tensa *crime?*; à sutil maré, verdade
cola: em crostas: pregressos timbres agem
soltos?; pés: bambolês, ao ritmo: incerto
pulso?; à jura: quimérica?, incisiva?:
demo?, à bênção-punhal?; perplexo?, o esperto
cão blasfemo!: incapaz; escasso, esquiva?
, frustro Letes / de lama / eterno engasto
: Fausto entende encerrar, no cerne, o vasto

Paisagens imaginárias

Brasília, 2023; dezembro. Sobre o palco, a Instalação B*: o palco recoberto por: ocre; e por uma organizada profusão das letras* a, c, d, e, o *e* r, *tridimensionais, com alturas diversas (mas não ultrapassando cinquenta centímetros), pretas. O Coro: anônima, a* Solitária *de* Seule, *de Henri de Toulouse-Lautrec, e, anônimo, o* Antropofágico *de* Abaporu, *de Tarsila do Amaral, e Nabucodonosor, de* Nebuchadnezzar, *de William Blake. O Coro posiciona-se, diante de um painel, à esquerda; o painel, bicolor: dividido – um horizonte entre joelhos e quadris – em chapados*

17 7 4 0 (azul)

---

46 38 83 26 (verde).

Começa a tocar David Bowie: Space oddity*; em 3'02", a música é interrompida.*

2. Brasília: tríptico
[a capital]

c....e..r.........r...a...d......o................

.c....e.............r.r...a.........d......o......

...c......e.......r...................r..........

....a...d....o.........c.e.....r.....r...a.d...o.....

.......c...................e...............r..r...a..

...d.......o...........c....e...r.....r........a.....

......d........o.....c......e......r....r..a..........

..........d..........o..........c...............e..r.

...r....a........d....o.....c.............e...r......

....r........a.......d...o............c..........e..

..........r...r..a....d.......o..........c..e....r....

....r....a.......d..........o.......c..e...........

.......................r.....r............a...d..

..o..........c...e..r........r....................

..........a........d....o...........c..e.....r.....r

.....a.......d..o..........c..........e.....r.....r..

a...d....o.c....e.....r..........r..a.....d...o.....

...c.....e......r.....r...a.....d.............o.....

c.....e....r....r.....a......d.........o..c....e......

.r.....r..a.........d.....o...........c..e.....r.......

....r............a....d......o...................c...

.e.............r.r....a.........d......o..........c.

......e........r......................r..............a

...d....o.........c.e.....r.....r...a.d...o..........

..c...................e................r..r...a.....d..

.....o...........c.....e...r.....r.........a..........

d.......o.....c......e......r....r..a.................

.....d...........o..........c...............e...r....r..

..a..........d....o.....c............e...r...........r..

......a.......d....o...........c............e........

....r...r..a....d.......o..........c..e....r..........r..

..a.......d...........o.......c..e..r..r...............

a...d....o.........c.e.....r.....r...a.d...o..........

.....c...e..r.....r...a..d....o......c.....e.....r...
r....a....d.....o.......c......e....r..r.........a...
....d......o......c.e..r........r..............a.....
.d.o...........c....e...r....r.a...d..o...........
c...................e.r.........r.............a....d
...o.....................................c....
....e.....................livro incompleto . máculas . atritos
..r..r...............á-r-i-d-o-e-s-p-a-ç-o . gás . verniz cobalto.
...a......d....o.......raso afastado . quadra . bloco . estria
...c.........e..............covas rasteiras . ocre . nos sapatos
........r.....r......a.......mínimo exposto . côncavo . convexo
.........d..........o...........cena de crimes . psiu . letal bramido
..c...e..........r..............................
........r..a.............................d......
.....................o...c.e..r..r..a....d.o.......c..
....e..r...r.....a.......d............o.....c...e.....r
........r.a.........d.......o.....c......e..... r....r
..a...................d...........o..........c......
.........e..r....r....a..............................
...................................d...........o....
lago esculpido . curvas tão sublimes........c....e............r...
frente ao reflexo . lapso . o próprio rosto......r............a.......
jogos ingratos . asas e fronteiras...............d...o.............
asa bravia . flores do cerrado.............c.............e.......
seco planalto . ronca um ventre escasso................r.........r.
vincos inscritos . traço do arquiteto.................a......
.d....o...................................c
......e.................r..............r.a..........
..d..o........c.........e...............r..r.....a...
.......d.o....c...e.........r.....r..a...........d...o.
.......c......e..r.........r....a.........d.............
o...............c.e....r......r...a........... ..d...
.......o.........c.......e.r...r......a....d..o......

c....e..r..........r....a....d.......o..................
.c....e..............r.r....a..........d........o......
...c.......e.........r........................r..........
....a...d....o.........c.e......r......r...a.d...o......
.......c..................e..............r..r...a..
...d........o.............c.....e...r.....r.........a.....
......d........o.....c.......e......r....r..a............
..........d..............o..........c...............e..r.
...r....a.........d....o.....c............e...r.......
....r.........a........d....o...............c...............e..
...........r...r..a....d.......o.........c..e....r.....
....r....a..........d..........o.......c..e..............
...........................r......r..............a...d..
..o..........c...e..r.......r........................
...........a........d....o.........c..e.....r.....r
.....a.......d..o.............c..........e......r.....r..
a...d....o.c.....e.....r..........r...a.....d...o.....
...c......e.......r.......r....a.....d...............o.....
c....e....r....r.....a.......d.........o..c.....e......
.r.....r..a..........d......o...........c..e.....r.........
....r..............a....d.......o..................c...
.e..............r.r....a..........d.......o.............c.
......e.........r.....................r...................a
...d....o.........c.e.....r.....r...a.d...o..............
..c.....................e...................r..r...a.....d..
.....o..............c......e...r.....r.........a..............
d.......o......c.......e......r.....r..a..................
.....d...........o..............c...............e..r....r..
..a.........d....o......c.............e...r...............r..
.......a.........d....o.............c.............e.........
....r...r..a.....d........o.........c..e...r..........r..
..a.........d..............o.......c..e..r..r................
a...d....o.........c.e.....r.....r...a.d...o............

O Coro: Virgílio, de Dante et Virgile, *de William Bouguereau, e Arcanjo Gabriel, de* Annunciazione, *de Leonardo da Vinci, e Lucian Freud, de* Three studies of Lucian Freud, *de Francis Bacon. O Coro posiciona-se, diante do painel, centralmente; o painel, bicolor: dividido – um horizonte entre joelhos e quadris – em chapados*

84 77 40 70 (azul)

———————————

46 38 83 26 (verde).

[cidades satélites] ———

..........c.e.......r.....r.......a..d...o............
.....c..e..r...r..a..........d....o...c....e.r.......
r..a.....d.....o....c....e..............r.....r.......
....a....d......o.....c...e...r.r....a............d..
.....o......c...e..r..........r.........a.d.o.....c...
.....e.......r....r....a................d.o.....c..e..
.r.....r...a...d...o...c.............e.r......r.....a
......d......o..........c...e...r...r.a...d...o......
....c......e..r.......r.....a..d.....o.....c..e..r...
.....r...a.......d...o....c.....e...r...r..a....d....
..o.............c..........e....r..r...a...d.........
.o....c......e....r....r.....a.......d.....o.........c
..e......r..r.a.........d.........o.........c..e......
r........r.........a.....d.........o...c....e.......r.
.....r.......a...d.....o...c..e.r.....r.....a.....d..
...o..c......e....r..r......a.....d.o........c....e..
.......r............r.a.....d...........o.............
.c.....e....r....r........a..........d......o..c....
..........e.......r........r........a....d........o.c.
............e.r......r...a........d........o...........
...c............e.....r........r...a..d.......o.......
...c...e.r...r..a..d.....o......c......e.....r.......
.r.......a..d.o.....c.......e.....r..r...a......d....
..o.............c.e.......r.......r......a......d.....
...o............c.............................e.....r..
.......r.........a..d......o.c.....e...r....r.a......
...................d.o.....c...e.........r.............
....r......a......d...o................................
.................................c....e.r..............
r..a.....d.....o....c....e..............r.....r.......
....a....d......o.....c...e...r.r....a............d..
.....o......c...e..r..........r.........a.d.o......c..
.....e.......r....r....a................d.o.....c..e.

. r . r . a . . . . d . . . . o . . . . c . . . . . . e . . . . . r . . . . r . . .
. . . a . . . . d . . . . . . o . . . . . . c . . . . e . . . . r . . . . r . . . . .
. a . . . . . d . . . . o . . . . . . c . . . . e . r . . . . r . . . . . . a . . d . . . .
o . . . . c . e . . r . . . . . r . a . . . . d . o . . . . c . . . . e . . . r . . . r . .
a . . . . d . . o . . . . c . . . e . . . . . r . r . . a . d o . . . . .
c . . . . e . . . . r . . . r . . . . a . . . . d . . . . o . . .
. . . c . . . . . e . . . r . . r . . . . . a . . . . d . . . . o . . . . .
. . . c . . . . . . e . . . . r . . r . . a . . . . d . . . . o . . . . c . . .
. . . . e . . . . . r . r . . . . a . . . . . d . . . . o . c . . . . e .
r . . . . . r . . a . . . d . o . . . . c . . . . e . . . . r . . . r . . . .
a . . . . d . . o . . . . c . . . e . . . . r . . . r . . . . a . . . .
. d . o . . . . . . c . . . . e . . . r . . . . r . . . a . . . . d . . . . o . . c . . . .
. . . e . . . . r . . . . r . . . . . a . d . . . . o . . . . c .
. e . r . . . . . . r . . . . a . . . . . d . . . . o . . . . c .
. . . . . . e . . . . . r . . . . r . . a . . . . d . . . . o . . c . . . e .
r . . . r . . . . a . . d . . . . . o . . . . . . c . . . . e . . . . r . r . a . . . . .
. . . . . d . . . . o . . . . c . . . . . . e . . . . r . . . . .
. . . . r . . . . a . . . . d . . . . o . . . .
. . . . . . c . . . . e . . . . r . . . . r . . . . a . d . .
. . . . o . . . .
. . . . c . . . . . . e . . . . r . . r . . a . . . . d . . . . o .
. . . . c . . . . e . . . . . r . r . . . . a . . . . . d . . . . o .
c . . . . e . r . . . . . . r . . a . . . d . o . . . . c . . . . e . . . .
. r . . . r . . . . a . . . . d . . o . . . .
. . . . dezenove
e dezesseis: adversando escuridões, à distância, no bruto vasto,
acende-se – colmeias?, barris de ouro?; pontos elétricos, amarelos,
que se alastram – a Verdade. . . . .
. . . . c . . e . . . . r . . .
r . a . . . . d . . . . o . . . . c . . . . . . e . . . . .
. . . r . . . . r . . . . a . . . . d . . . .
o . . . . c . . . . e . . . r . . . . r . . . a . . . . d . . . . o . . . . .
. c . . . . . e . . . . r . . . . r . . . . . a . d . . . . o . . . . . .

.........c.e......r....r......a..d...o...........
.....c..e..r...r..a.........d...o...c....e.r.......
r..a.....d.....o....c....e.............r....r......
....a....d......o.....c...e...r.r....a...........d..
.....o......c...e..r.........r.........a.d.o....c...
.....e......r...r....a..............d.o.....c..e..
.r.....r...a...d...o...c.............e.r.....r.....a
......d......o..........c...e...r...r.a...d...o......
....c......e..r.......r.....a..d.....o.....c..e..r...
.....r...a.......d...o....c.....e...r...r..a....d....
..o...........c..........e....r..r...a...d.........
.o....c......e....r....r....a.......d.....o.........c
..e......r..r.a.........d.........o.........c..e......
r.........r.........a.....d..........o...c....e.......r.
.....r.......a...d.....o...c..e.r......r.....a.....d..
...o..c......e....r..r......a.....d.o.........c....e..
.......r...........r.a.....d...........o............
.c.....e.....r.....r........a..........d......o..c....
..........e.......r........r........a....d........o.c.
...........e.r......r...a.........d........o...........
...c...........e....r.........r...a..d......o.......
...c...e.r...r..a..d.....o......c......e....r.......
.r.......a..d.o.....c.......e....r..r...a......d....
..o............c.e.......r.......r......a......d.....
...o............c...........................e.....r..
......r..........a..d......o.c.....e...r....r.a......
...................d.o.....c...e..........r.............
....r.......a......d...o............................
...........................c....e.r...............
r..a.....d.....o....c....e.............r....r......
....a....d......o.....c...e...r.r....a...........d..
.....o......c...e..r.........r.........a.d.o......c.
......e.......r...r....a..............d.o..........

A profusão de letras é desorganizada; não: reorganizada. O Coro: Lucian Freud, de Painter working, Reflection, *de Lucian Freud, e Olympia, de* Olympia, *de Édouard Manet, e a* Bela garota, *de* Das schöne Mädchen, *de Hannah Höch. O Coro posiciona-se, diante do painel, à direita; o painel, bicolor: dividido – um horizonte entre joelhos e quadris – em chapados*

64 71 64 87 (preto?)

———————

46 38 83 26 (verde).

[um cerrado dadá] ———

..........c.e.......r.....r.......a..d...o............
.....c..e..r...r..a...........d....o...c....e.r.......
r..a.....d.....o....c....e..............r.....r.......
....a....d......o.....c...e...r.r....a............d..
.....o......c...e..r..........r.........a.d.o....c...
.....e.......r...r....a................d.o.....c..e..
.r.....r...a...d...o...c..............e.r......r.....a
......d......o..........c...e...r...r.a...d...o.......
....c......e..r.......r.....a..d......o.....c..e..r...
.....r...a.......d...o....c.....e...r...r...a....d....
..o.............c...........e...r..r...a...d.........
.o....c......e....r....r....a.......d.....o.........c
..e......r..r.a.........d.........o.........c..e......
r.........r..........a.....d..........o...c....e.......r.
.....r.......a...d.....o...c..e.r.....r.....a.....d..
...o..c......e....r..r......a.....d.o.........c....e..
........r............r.a.....d............o...........
.c.....e.....r.....r........a...........d......o..c....
..........e.......r........r........a....d..........o.c.
..............e.r......r...a.........d........o...........
...c.............e.....r.........r...a..d.......o.......
...c...e.r...r..a..d.....o.......c......e....r.......
.r.......a..d.o.....c.........e.....r..r...a.......d....
..o............c.e........r........r......a......d.....
...o...........c............................e......r..
.......r..........a..d......o.c......e...r....r.a.......
..................d.o.....c...e..........r...............
....r......a......d...o...........................
............................c....e.r...............
r..a.....d.....o....c....e..............r.....r.......
....a....d......o.....c...e...r.r....a............d..
.....o......c...e..r..........r.........a.d.o......c.
.......e.......r...r...a..................d.o..........

. . c . . . e . . . . r . . . . r . . a . . . . d . . . . . o . . . . .

. . . . c . . . . . e . . . . r . . . . r . . . . a . . . d . . . . o . . . . .

. . . . c . . . . e . . . r . . . . . r . . . a . . . . . . d . . . .

. . . . . . o . . . . c . . . e . . . . r . . r . . . a . . . d . . . . o . . . .

. . . . . . d . . . . . . a . . . . . r . . . . . d . . . . o . . . . e . . c . . o . . . . .

. r . . . . e . . . c . . o . . r . . . . e . . c . . o . . . . a . r . . . . . .

. r . . a . . d . . a . . . . . r . . . . r . . . . . . e . . . . d . . . e .

. . . . . . c . . . e . . . . r . . . . . c . o . . . . d . a . . . . d . . . . . o .

. . . . a . . d . . . . e . r . . . . e . . . . c . a . . . . . . r . . . . a .

. . . . a . . r . . . . . . d . . . . e . . . . . . r . . . .

. r . . . o . . . . d . . . a . . r . . . . o . . . . . . c . . . . a . . . .

. a . . d . o . . r . . . a . . . . r . . . . d . . . . o . . . . c . . a . . . .

. . . . a . . . . r . . . . c . . . a . . . . e . . . . . r . . . . a .

. . . . d . . . . o . . . . r . . . . e . . . r . r . . . a . . . . . d . o .

. . . . c . . . . a . r . . r . . . . . o . . . . a . . . . . . c . . r . . . e . . . .

. c . . . e . . . r . . . . d . . . . o . . . . r . . o . . . e . . d . . . . o . . r

. . . . a . . . . r . . . . . o . . . . d . . . . . e . . . . c . o . r . . a . . . . r . .

. . . . r . . . . . . o . . . . c . . . . a . . . . r . . o . . d . . e . . . . a . . r . . . .

. a . . . c . . . o . . . . . d . . . . . e . . . . r . . . e . c . . . e . . . . a . r

. . . . d . . . o . . . . a . . . . r . . . .

. . d . e . . . r . . . . r . . . o . . . . c . . . . a . d . . . . . . a . . .

. . r . . . o . . . c . . e . . . . . . a . r . r . . . e . . c . . . . a . . . . d . . . . a . . r .

. . . r . . a . . . . r . . . a . . . . ode . . . .

. r . . . a . . . r . . a . . . . ao . . . .

r . . . . a . r . . o . . . . cerrado dadá . .

. . c . . e . . r . . r . . a . d . o . . . .

. . . . d . . . a . . . d . . . . a . . . .

c . . . . e . . . . r . . . . . . r . . a . . . . d . . . . o . . . . . .

. . d . . . a . d . . a . . . . c . . e . . . . r . r . . . . a . . . . d . . . . o . . . .

. . . d . . a . . . . . . d . . . . a . . . . c . . . . . a . . c . . . . . o

. . . . a . . r . . . a . . r . . . . . a . . . .

. . . . c . . . . a . . . . r . . c . . . . . a . . . . r . . . .

. . c . . o . . . . c . . a . . . .

....c.....e...........d..............e..r............

...............a...r.a........r........e...r..r.....e

..................................o........r.....a....

c.a...c.........a.....................................

...........c............e..d ....o..............

....................................a.....r.....c....o

...........o..........d......o......r.................

c.....o........r...........c.........r.....e......r..

............................r.e..c...o..r.r...e...r

.........c.o....r.....a..r................r..a..c.a

..............a.r.r..e...d.a..r......................

......o.c....r......e..............................

..............................c..e.....r...r.a..r

...d...a.....r.............d..o...c....e.........

..............................c..a.r.....o..........

............c...o.....a.....r.....................

........................c.......e....r..d....a...

........c....e..r......a...........................

.................................o.....r.a.r........

.......................c..o...r.r..e................

.....................c.e.......c........o........

........c..r...e..d.....o.........r..............

...c........o....c....o............................

...................o.........r..........c....a.....

.....r.e......c...a..d........o..................

................................c...a...d.....a...

................r....e..d....e....a..d..o...r....

............r..o.....d......a.....................

...d..e........c....o...r..r...e..r............

...............................c.o...c...a....r.....

........a..c..o..r....d..a...r.................

.....................r.e..c....o..r.d..a.r........

..a....d....o....e...........c.....e......r....

Começa a tocar Seu Jorge: Space oddity; *a partir de 3'05" até o final (a partir de 5'10", entretanto, Personagem pictórico/Pianista insere – em seu suave-errático* delay *– discretas referências a Arnold Schönberg:* Verklärte Nacht, Op. 4 *e a Franz Liszt:* La lugubre gondola, S.200 n.º 2*). Blecaute.*

Arcaicos cantos de Caronte

∞

Aqueronte, século VII a.C.. Começa a tocar Leonardo Martinelli: Cantos de Caronte. *A ação que se estaria desenrolando no* background *seria a de* L'Orfeo *de Claudio Monteverdi (com libreto de Alessandro Striggio); no entanto, apenas Caronte, em seu barco* ———, *aparece em cena: como se o poema fosse um* close-up *em Caronte, excluindo todo o resto; a manifestação de Caronte acompanha também a proposta de Monteverdi-Striggio, inclusive (sobretudo?) métrica (o que pode ser interpretado como se Caronte, no Século VII a.C. ainda não houvesse estabelecido sua cadência – decassilábica, tônicas nas sílabas 1, 3, 6, 8 e 10 [e na décima, uma palavra proparoxítona] – definitiva). Toca o primeiro movimento.*

1. Segundo movimento ———

——— Só dor conforma o cerne desta cena.
Tudo grita no curso desta rota;
tudo enfadonho: a dor em dor se esgota.
Por rio *das Mortes*, levo a barca obscena.

Cão, lá, late e, lá, triplo, rosna (observo
Cérbero: encaro a cara a cara a cara)
(tão reles tédio – que o tempo moldara).
Sou Caronte: do amargo à boca, o servo.

Recuso um vivo. Audaz! Não passo à frente.
Não há transporte para Orfeu. Absurdo!
Não serve usar de choro – sigo surdo.
Fora! Afaste-se agora; ou fúria, aguente.

Terceiro movimento.

Eis que meu senso – mira
contra a própria certeza?;
fica a lógica – presa
por mil notas à lira?

Rápido blecaute: 1".

Jamais!: a força, eu nunca a abandono.

Rápido blecaute: 1".

Mas, já?, feitiço?, o quê?, estou com sono.

Quinto movimento – e as luzes, enquanto Caronte é arrebatado pelo sono, vão diminuindo e diminuindo; entra Personagem pictórico/Caronte (ref. Michelangelo Buonarroti: Giudizio universale*):* Eu transporto Orfeu; no câmbio: óbolos*; diminuindo e diminuindo: ao negrume (total?, transitório).*

Paisagens imaginárias

Desce, no proscênio, uma tela translúcida – que ocupa todo o palco. O poema Paisagens imaginárias 3. L'Empire des Lumières II *acontece projetado na tela. Começa a tocar Tom Waits:* Rainbirds.

3. L'Empire des Lumières II / Sobrado

É um dos vinte e sete trabalhos em que René Magritte abordou o motivo, o contraste-paradoxo; é o de número dois, um óleo de 1950. Caso a análise, contudo, persistente: é um dos vinte e sete trabalhos em que René Magritte abordou o motivo, o contraste-paradoxo; é o de número dois, um óleo de 1950; e *não é.*

Sous plus ténu qu'un fil,
sous le jour,
la Nuit ;

implacable.

Porque a casa na direção do poste *não é* a casa representada pelo surrealista belga, *não é* a casa clara com guarnições mostarda escura, mas um sobrado colonial brasileiro. Porque a torre ao ocidente *não é* a torre indistinta representada pelo surrealista belga, *não é* a magra torre, com ameia cúbica, mas uma torre toscana do século XIV, anacrônica?, de três pavimentos, encorpada, erigida para *gélida* Vigilância, erigida para *flâmea* Sinalização.

Em 2'54", de repente, a música é substituída por Sarah Nemtsov: Amplified imagination; *a partir de 2'55".*

É: 1950? Entram em quadro, pelo oriente, Nala *A chave?* e Alan *A chave*; sobrado adentro, Nala e Alan saem de quadro. É: a Rue Esseghem? Não. Nem *os arredores de Bruxelas*. É: a Rua da Cadeia? Não. Nem *os arredores de Tiradentes*. É: a Località Pitiana Tiglieto? Não. Nem *os arredores de Donnini*. E o contraste-paradoxo mantém-se – e, desde o ocidente, pela calçada, Transeunte, empunhando uma placa brilhante, entra em quadro; Transeunte, distraído, quase colide com o poste *Ops!*; Transeunte sai de quadro. É: 2023? É: 2024? E o contraste-paradoxo mantém-se – e, leste–oeste, pela calçada, Entregador, -tartaruga, -acoplado a um grande cubo (ref. Georges Braque: *Bouteille et poissons*) escarlate *ifood*, entra em quadro; Entregador estaciona sua bicicleta no poste, retira do cubo (ref. Pablo Picasso: *Le pigeon aux petits pois*) um pacote pardo e, esbaforido, tenta recuperar o fôlego; entram em quadro, sobrado afora, Nala e Alan; Nala agarra-se ao pacote pardo e Alan tamborila bolsos lisos, *jeans* com nódoas Grená-Caramelo-Cerúleo-Índigo-Salmão, para elevar um árido aceno constrangido *Obrigada*, *Obrigado*, *Obrigado*; sobrado adentro, Nala e Alan saem de quadro; Entregador, esbaforido, pedalando, oeste–leste, pedalando, sai de quadro. E o contraste-paradoxo mantém-se – e, no íntimo da casa cortada pela metade, ao oriente, surge (em quadro) a silhueta de Vizinho: perambulando por seu *habitat*: pe-fachada-ram-fachada-bu-; sai (de quadro), a silhueta de Vizinho. E o contraste-paradoxo mantém-se – e, no cimo da torre toscana do século XIV, surge uma imponente bandeira: estampando um Código QR.

Em 5'48", a música é interrompida.

A bandeira: a recém-instituída bandeira de algum país? A bandeira: a bandeira de algum recém-fundado país? Tremula, a imponente bandeira. E o contraste-paradoxo – mas, cintilante desde o oriente, nas copas das árvores noturnas, acinzentando o céu diurno, um incêndio entra em quadro.

A tela sobe. Sobre o palco, uma variação da instalação A *(somente estilhaços plurais de espelhos; alguns, com fragmentos de tonalidades pastel nas superfícies) confunde-se ao quarto de Suposto Mefistófeles. São Paulo, 2024; janeiro. Estante. Globo. Cama. Vaso de barro com tulipas vermelhas.* Pomba de cerâmica, escultura. *Um barbante, uma chave maior; um barbante, uma chave menor: pendentes.* Drone *trancafiado em gaiola. Arara: roupas* e roupa. *Cadeira: Suposto Mefistófeles desfez-se de sua banqueta de outrora, adquirindo uma cadeira animalesca: petulante, colérica, exótica, uma cadeira de origem moscovita, confeccionada com chifres de renas, chifres curvilíneos, agressivos, no espaldar e nos pés; vinte e uma hastes, vértices indicando majoritariamente o ontem. Escrivaninha: computador, impressora, papéis; uma lata de cola de sapateiro, uma sacola. Em uma parede, pendurado, um simbólico papel em branco: seria um dos vinte e oito trabalhos em que Liu Jianhua abordou o motivo?; ou seria: uma falsificação?; ou seria: o vigésimo nono trabalho? Sem nostalgia, Suposto Mefistófeles – ocioso: ele acaba de revisar uma tradução-deformação da poesia de Emily Dickinson, que burilava desde 2020 – ativa, de propósito, recordações. Julia e seu* par de guilhotinas, *o relacionamento* montado e desmontado. *E Camila [...]* tigresa; / parte Borges, parte Blake, *em sigilo Grávida: o óbito em aborto malsucedido. E Julia, o relacionamento:* remontado e desmontado. *E Alma, a única união estável: efêmera união, fruto(-imposto?) da pandemia. E Julia, o relacionamento: remontado e desmontado; às costas de Alma, paralelo. E, por vinte e quatro horas, fruto de uma corrente de amizades (a amiga de uma amiga de uma amiga), a neta de um judeu alemão; e o vento, que não se iria: expiração ferruginosa. Contornos do vento? Contornos: de nitidez perturbada. Um turbilhão* Em abundância / fulgíamos *de contornos míopes.* Je veux, cœur ta vie / *[..?]* / Est vôtre. *Contornos* Pas plus*: de nitidez* Quem? *perturbada.* Um tigre / *in the forests of the night*, / experimentando entorpecentes / na floresta polimórfica?, / polifônica? *Sem nostalgia.*

Duas canções populares

O tigre, tigre avança

Sim, eu sei
        virar a página.

Sim, eu sei
        virar a página.

Sim: das páginas atrás, palavras: puro breu.
Vive, à frente, a bruma pálida,
sem vestígios de um passado que jamais cresceu.

Sem fantasmas na bagagem.
Sem fantasmas na balança.
Dança, o tempo – tão selvagem,
firme, bruto: o tigre avança.

Voz nenhuma, agora, acalma.
Não me lembro da textura.
Trama, agulha e linha, palma,
trama – e já se descostura.

Sim, eu sei

        virar a página.

Sim: das páginas atrás, palavras: puro breu.
Vive, à frente, a bruma pálida,
sem vestígios de um passado que jamais cresceu.

Sem relógio que atrasa.

Sem desejo de vingança.
Nunca brilho, nunca brasa,
passo a passo: o tigre avança.

Não me lembro da promessa.
Menos quando Ausência invade
e a noite cai depressa.

Não me lembre da saudade.

Sem nostalgia?

Suposto Mefistófeles escreve um e-mail para Julia – que se mudou, há alguns meses, desvario?, para uma quitinete caríssima no East Village, NYC. Suposto Mefistófeles pergunta se Julia está interessada em sexo virtual: O, let me once more rest / My soul upon that dazzling breast: *chamada de FaceTime?* Dazzling. *Há duas semanas, o relacionamento remontado à distância. Julia já havia morado nos Estados Unidos: graduou-se em economia pela UChicago para agradar sua abastada família (proprietária de fazendas de café em Minas Gerais). O computador de Suposto Mefistófeles apita. FaceTime. Julia. Desce a tela translúcida. Entra Julia, virtual. Suposto Mefistófeles despe-se. Julia despe-se.*

Duplo falso par

Longe, a luz
que seu corpo absorve sem pudor;
vejo, amor,
cada gesto: aqui se reproduz;
duplo espelho, nós;
dupla efígie; duplo falso par;
sombras, sons – nada vero a se entrelaçar –
a sós;

.....Ah!

contra o vidro
da janela, paira o leve elã
junto ao gris

da cidade e cores mil no ar;
nuvens contra vãos;
drones contra véus;
migram signos: ecos, eu, quem?

.....*Uh!*

Longe alguém:
que meu corpo observa, com furor;
por favor,
finja que o perfume flui além;
sim, repito Sim,
cravo juras neste altar vazio;
dispo, ainda, um segredo: o qual já sumiu
em mim;

.....*Ah!*

contra o vidro
da janela, paira o leve elã
junto ao gris
da cidade e cores mil no ar;
nuvens contra vãos;
drones contra véus;
migram signos: ecos, eu, quem?,

eu?

A chamada de FaceTime, encerrada. A tela sobe. Suposto Mefistófeles, despeja uma cachoeira de cola de sapateiro na sacola; inala da sacola, inala, inala, inala – e Suposto Mefistófeles *levanta-se da cadeira e desmorona e apoia-se em um dos chifres de rena extraindo uma haste sem vírgulas o chifre uma vírgula nas mãos* Suposto Mefistófeles *e a lata e agressivo com auxílio da haste-vírgula espalha a cola sobre pendurado na parede* Papel em branco *e coleta espelhos da variação da instalação* A *e desorientado os espelhos peças de quebra-cabeça sobre* Papel em branco *e espelho-peça e espelho-peça e* Suposto Mefistófeles*? Suposto Mefistófeles. Uau.*

Paisagens imaginárias

Começa a tocar Johann Sebastian Bach (arranjado por Chad Kelly): Variações Goldberg, BWV 988 / Goldberg Variations Reimagined, *a variação* 18 *(por Rachel Podger e Brecon Baroque).*

4. Quebra-cabeça / Torre

No espelho à parede, centralizada no espelho, em tonalidades pastel, a pintura de uma torre toscana do século XIV, anacrônica?, de três pavimentos, encorpada, erigida para *gélida* Vigilância, erigida para *flâmea* Sinalização; no cimo da torre, uma imponente bandeira: estampando um Código QR. (Por um átimo-lampejo, confia-se que o espelho com a torre toscana do século XIV foi transformado em um dos *Quadri specchianti* de Michelangelo Pistoletto, *Donne nude che ballano*, com duas mulheres nuas bailando, em tamanho real, replicando um fotograma de *Animal locomotion, Plate Number 196, Two women dancing a waltz, 1887,* de Eadweard Muybridge; não?: não duas?: a mesma figura?: duplicatas bailando? Confia-se? No átimo-lampejo seguinte, o delineamento da torre toscana do século XIV é indiscutível.)

Ao final da variação reimaginada, começa a tocar Thunder Tillman: Jaguar mirror*; exausto, Suposto Mefistófeles senta-se no assoalho; e as luzes vão diminuindo e diminuindo; entra Personagem pictórico/Saturno (ref. Francisco José de Goya y Lucientes:* Saturno devorando a un hijo*) – em 1'35":* Camila, ao cabo, em pânico, receando seus genes malditos, escolheu aborto*; diminuindo e diminuindo; entra Personagem* *pictórico/Dr. Tulp (ref. Rembrandt Harmenszoon van Rijn:* De anatomische les van Dr. Nicolaes Tulp*) – em 2'54":* Permita-me checar as cicatrizes de sua âncora ruim*; entra Personagem pictórica/Sitzende Frau (ref. Egon Schiele:* Sitzende Frau mit angezogenem Knie*); ela senta-se no assoalho, próximo de Suposto Mefistófeles, e compreendemos Suposto Mefistófeles [*deitando-se*] – em 4'02":* Vinho? *e Personagem pictórica/ Sitzende Frau:* Ã-ham.

Personagem pictórico/Dr. Tulp Permite-me amputar essa âncora ruim?, hã?

Suposto Mefistófeles: Tinto? *e Personagem pictórica/Sitzende Frau:* Ã-ham*; e as luzes, enquanto Suposto Mefistófeles é arrebatado pelo sono* Cabo, em pânico, o pânico-precipício, o óbito em aborto malsucedido, *vão diminuindo e diminuindo: ao negrume (total?, transitório).*

; até radar *a sós*; arada reta
até Saara: vaza, vara a seta.

Aqueronte: condições climáticas

Aqueronte, século II a.C.. Caronte: remando, remando, remando, remando, remando. O Quinto movimento *de* Cantos de Caronte, *de Leonardo Martinelli, recomeça.*

1. ?º

Onde existo inexiste o termo *térmico*
Frias febres?: compõe-se a brisa, vândala,
de: constante nevasca e brasas-pássaros
(pairam, gelo e calor, no ar, partículas).

Ai! Constante estação: perpétua, estática.

Margem, margem: compõe-se a brisa, tétrica,
de: mormaço e poeira e vis moléculas
mais compacta secura e névoas úmidas.
Onde existo inexiste um clima límpido.

Rápido blecaute: 1". [Duradouro blecaute: ∞".]

Acendem-se as luzes. 2023.

2. ?º [inabalável?] ————

———— Onde existo inexiste o termo *térmico*.
Frias febres?: compõe-se a brisa, vândala,
de: constante nevasca e brasas-pássaros
(pairam, gelo e calor, no ar, partículas).

Ai! Constante estação: perpétua, estática.

Margem, margem: compõe-se a brisa, tétrica,
de: mormaço e poeira e microplástico

O Quinto movimento – *ao desfecho.*

mais compacta secura e névoas úmidas.
Onde existo inexiste o clima em gráfico.

Blecaute. Começa a tocar A música das nádegas *(ref. Hieronymus Bosch:* La pintura del madroño / O jardim das delícias terrenas*).*

Paisagens imaginárias

Sobre o palco, a Instalação C*: uma combinação de elementos pictóricos tridimensionais:* Móbiles*: uma nuvem de* Sky above Clouds IV, *de Georgia O'Keeffe; e o sol de* The fighting Temeraire, *de J. M. W. Turner; e uma estrela de* De sterrennacht, *de Vincent van Gogh; e o* Balão *de Pál Szinyei Merse; e um balão de* Festa junina, *de Djanira da Motta e Silva; e* Bandeirinhas *de Alfredo Volpi, e bandeirinhas de* Stadia II, *de Julie Mehretu;* Raízes*: a* Árvore da vida, Stoclet Frieze, *de Gustav Klimt; e um volumoso ovo perfurado-transpassado, da série* La fine di Dio, *de Lucio Fontana; e um saco de café de* Café, *de Cândido Portinari; e a estátua de Príapo de* Hyménée travesti en femme à l'occasion d'un sacrifice à Priape, *de Nicolas Poussin; e estátuas das* Muse inquietanti, *de Giorgio de Chirico; e, adormecido, à esquerda, o unicórnio de* Enigma de verão, *de Octávio Araújo; e, adormecido, à direita, o jaguar de* Cheval attaqué par un jaguar, *de Henri Rousseau. Entra um dos operários* Les constructeurs *de Fernand Léger.*

~~5. Em obras: interditada~~

Personagem pictórico/Operário Infelizmente, a instalação *C* está em obras: interditada. O desenvolvimento planejado para ela – concernindo o roubo de um valioso brinco de pérola (ref. Johannes Vermeer: *Meisje met de parel*) e a investigação detetivesca do roubo – foi, portanto, eliminada do programa.

Blecaute.

A volta do parafuso? Paralaxe

*Interior do estado de São Paulo, 2016; dezembro. Noite. Mariana, uma adolescente, e Fausto estão no repugnante banheiro de um posto de gasolina – fechado, abandonado? –, ermo, à beira de uma rodovia. No chão-*cinzeiro, pontudo, *a* Fonte *de Marcel Duchamp. Fausto riHá! Para Fausto, cada movimento é linear, acelerado e orgástico. Mariana berraÁá! Para Mariana, cada movimento é um pequeno, lento e cáustico circuito infinito. Um, dois, três, catorze movimentos: que compõem uma suíte: que, por sua vez, também configura, para Mariana, um cáustico circuito infinito. Ao término do movimento-soneto* Catorze: *blecaute?*

breu; no posto deserto, vil mictório
; lasso, o músculo *enfim, brutal veleiro*
– crespa, gela um tremor ao ser corpóreo
: quando, em jato, projeta-se, fumeiro
– lança listras pujantes pelo piso
: gota a gota, respingos mancham tudo
; Fausto, *dobro, os manejos?* indeciso
, farto CHEGA (decreta, o macho mudo)
míssil *FRUCTUS–INFERNUM*; baque, tomba:
raso, um pássaro débil; masca o asco
fixo ao tino; entretida, a extensa tromba:
finge meio desmaio *tapas, tasco*;
mostra / esconde *penumbra?*; à zona, estorvo
: duplo quadro do Reles; fosco; torvo

quem diria?, depois do afinco, intento
, Fausto pensa, limpando, ileso, o rubro
céus; memora-se *ataque violento:*
peso impus, toneladas (que descubro)
; fresco apreço: do lúgubre, este artista
: porco-abstrato: confere *imenso estrago*
curto?, espreita o secreto, espreme a vista
; galga escora, à relapsa *lápis?, trago*
casca inerte *rabisco: afresco* e fula
: bronco algoz, concluindo, em suma, disso:
nada; o plano matar o pai?, calcula:
verso à máscara Humilde, alguém submisso
: chucro, em súplica *ofício, pão*; percute
Safo, em parte, e, sinistro, em parte, Bute

qual vulcânico humor, um compulsório
fogo, à pedra, vertente: elã: primeiro
disse urrante: refute, e: seu velório!
, *para, então, esgarçá-la ao chão-cinzeiro*
(golpe a golpe, o pincel passou preciso)
; viscos, peles, mistura, o chão pontudo
; culpa?, nula *remorsos, carbonizo*
culpa; *apalpo* rochedo após veludo
, rija polpa *o casulo?*; centro: bomba,
peste à frágil cebola *ao nó, descasco,*
praga à porta: vacile!, a praga arromba!
, lufa o gênio de Fausto!, astuto ao frasco!
ranço; em cacos: *futuro, esponja?, absorvo,*
rei do engano?: carniça, presa, e corvo?;

gosto: o mastro estufante ao mais sedento
coito; feito; menores rastros, cubro
; resta a sombra do monstro no cimento
(sujo templo: cruel, pagão delubro)
cria Nojos; de Fausto, Fausto dista?
, mofos, medos: injúrias mil, propago
; quero, mesmo, fruir da fibra mista;
(trapo inato) farpante: caixa, *afago*
cofre: explode?, *enfartando?*, quica, pula:
talha o imo *remexe, ardor maciço*
: quebra o trinco em voraz, perversa, gula
: dano e troco, lascívia: ator, feitiço;
chupo o lodo; preparo, aos ossos, chute
forte: assolo e piscante (ao bojo), - l - u - t - e –

gozo; Fausto perquire o novo espaço
, muito esfrega, repete, intenso atrito
, dói?, nas dores, deleita-se, devasso
, dói?, o fel reprimido, fel constrito
; [...] longe? [...]; ofega, a *pretérita* menina
, zero pêsame, rapto consumado,
gris, divisa, vencida, a feminina
fronte; fita (no espelho?) o solo *fado?*
choque: escombros, fumaça *afunda, o barco?*
; jaz, canoa, submersa: à crista, espuma
nóxia, infesta *vingança: tento, marco!*;
dele, o toque grosseiro, desarruma
sortes; pega a pistola *ah*, tenra idade
, sente o viço *pungente*; rosna *invade*

, ladra infame ferida (que dormia?)
, voltam laivos *repito*, a voz paterna
disse puta!, você verá, vadia!
, falta, às trevas de si, qualquer lanterna
pilhas fracas, trocei; vexame: há pouco
mal-estar absoluto, assim, fervente;
massa: escória; *fruir de arroubo rouco*
, *par*: opíparo ninho?, grã serpente!
; range, Fausto, seiscentos dentes, rilha,
cuspe, bile; domina, expande, alinha:
prova – a prévia dos – sonhos, armadilha:
dentro: instala-se Hostil, toxina à vinha
pulcra; abafa, destrói: farol selvagem
, vulto horrível; gritando, volta, a imagem

por detrás de – lascado – vidro baço
, voltam chispas, também, de tom bendito
fato, agora, infinito, o nosso laço
firme: agora, começa o nosso rito
, virgem: tato, contato e: carne ensina
língua, gesto, gemido; *em queda?* o dado
peito?, nunca regressa (além: ruína)
: lá, rasteja, o presente profanado;
morde, o lábio: corrói cratera ao parco
mapa humano; soterra, o *x*, alguma
flecha (e Fausto vislumbra espúrio arco)
; lesto pasmo: tritura seixo e pluma:
cede: a crença em Divino *alvejo* evade
tensa *crime?*; à sutil maré, verdade

: desde cedo, furtou-se à cortesia
: coxas contra vestido, perna e perna
; da menina, o destino, olé, corria
(junto às trevas dispostas n'área externa);
carne rumo à desdita (em curso louco);
face Treze *de agouro?*: cai torrente
livre: nunca o tranquilo, cru, tampouco:
Fausto estica tendões, alcança?, urgente
sumo: jovem desejo: amor?, guerrilha?,
zanga?: e néctar oposto, flor, bainha,
valsa Três-um-dois-Três: à estrada, trilha,
pó subindo, motriz (a fé, definha (?));
lenta, adágio, de grão em grão: bagagem
cola: em crostas: pregressos timbres agem

: cada nota puxando um contraponto
: ventos contra o melódico fagote:
grave *fusa..!, febril..?* –, ficando tonto
sob a pausa fortuita *dó?, derrote!,*
■ breve? ■, a pausa, comprida: névoa brava,
densa; inspira: sorvendo efeito franco –
brasa; um carro, ligeiro, cruza a cava
, risco tênue, produz?, ruído?.. branco?,
senso insano?; durante um tempo, a cena
toma Fausto, de assalto; e: bis?; a dura
via: alvéolo: silêncios, envenena;
ruge (acorda (?)), um leão: *vibrato* fura,
rala e rala; detritos: *crise: alerto*
soltos?; pés: bambolês, ao ritmo: incerto

triz e: forma-se, à frente, a Primavera
(mas, perfeito, esse encanto desanima)
sobre bafo e suores, Fausto espera
mera farsa: dispersa; já respira
puro pútrido chumbo (chove?, fora)
; chove: o cheiro, borracha?; apaga, a pira?;
microinseto, na elipse (claro, implora),
foge aos olhos; trovoa; fora, a tinta
Noite, n'água, dissolve-se aquarela;
cor?, de sangue; estralante, velha cinta
lanha véus de lembranças: ânsia, atrela
gosmas; [*entra o bolor*] projétil criva
pulso?; à jura: quimérica?, incisiva?:

desce ao baixo, fictício?, prato pronto?
, pode ouvir, enxergar Paixão, de Lotte
, perde, Fausto, a noção de Vero e Conto
: doido?; rasga, num súbito, o decote
pois defino: modele, inteira, escrava!:
prenda!: o tórax palpita agudo tranco
tredo; leve garoa *marcas, lava?*
roça o teto; gravando, o traço *arranco*
raiva? cobre, tatua, a extinta, amena
moça: agrega-se à antiga tez, textura
rude; a ideia, mirrando?, *à quente antena:*
corte o sexo: oprimido: estrela obscura
: borra; em sola, andarilha *ao rés*, desperto
demo?, à bênção-punhal?; perplexo?, o esperto

cale a boca!, o babaca neca estima
Deus!, cabal maravilha não supera
lume pleno; fulgura, brilho..!, acima
paira, supradesvios, mão severa:
pune oculto pecado: cega mira
ceifa o dique (desnuda, a cruz piora)
: zanza, o fluido; remoto?, à flama, urdira?
: fúria; ao saco de raios réus, demora
tempo agente a favor da ação: faminta
força, bíceps: corisco, assaz, martela
casa e crânio, -cos-Ca-cos-Crâ-: tilinta
perto: o globo, assombroso, enorme cela
gasta, Fausto resmunga: vã deriva
cão blasfemo!: incapaz; escasso, esquiva?

; riso irrompe, nervoso? *o riso, adestro*
; logo afasta-se a graça *falso, guardo*
; vem do escroto de riso?, tal maestro
ri, burlante, imprimindo alheio fardo
; franze a testa: pressente Caos *novato?*
, *neste instante?*; na mente, Fausto embota:
fina, a trama confusa: turvo trato
, magro aviso, um letreiro, à triste rota
, rua aqui gargalhou-se à angústia à toa
crassa; ao Réprobo, o cérebro maroto
prega peças: fantasma?, a pique?, à proa?,
bebe as vagas: derrapa?, o mau piloto
, nauta; céu carregado / seco pasto
, frustro Letes / de lama / eterno engasto

: brusco: todo sentido aponta: sestro
: crava a (torpe) atenção no próprio dardo
vivo, germe de enlevo, ardil, sequestro
fero imundo; percebe *sem aguardo*
: pingo o fluxo – atingindo até o sapato
preto –: extremo?; vomita: volve a cota
: pus e mel; chacoalhante: ao termo exato
zíper Norte, e, remate, incônscio, brota
: bica?: enxurros errantes?; *finis*?, voa
: zigue-zague: batendo-se ante esgoto
, zarpa; encolhe?, o conduto (estreito?, ecoa?)
, lambe a lona?; o melhor juízo, roto,
fende frestas: porém: vitral nefasto
: Fausto entende encerrar, no cerne, o vasto

Bildungsroman

Interior do estado de São Paulo, 1996. Começa a tocar Robert Schumann: Kinderszenen, Op. 15: 7. Träumerei. *Da coxia do piano, entra Fausto criança,* pretérita *menina; da outra coxia, entra Mefistófeles.*

Bildungsroman ————

———— No momento *um segundo* [*um*, todavia, equivalente a: incontáveis] entre 2'10 e 2'12" (ref. gravação de Martha Argerich, de 1984):

Mefistófeles [*indicador aos beiços*] Pshhhhh[...] hhh[...]

O Pshhhhh *prossegue reverberando – como? – e Mefistófeles oferece a Fausto*

: um relicário repleto de lustrosas moedas

contraclepsidra? –;

: um manequim articulado com cabeça de Medusa

(ref. Caravaggio: *Testa di Medusa*)

: um vaso de alabastro com relevos:

ões-leões-le-
demônios *ga-*
mônios *gallu-*
falos-falos-f-
Inanna-.

Mefistófeles remove a impressão digital de seu indicador. Um selo. Mefistófeles retorce uma careta. Fausto imita a careta. Mefistófeles atira o selo-digital à goela de Fausto. Em 2'52", blecaute.

: até Saara *vaza*; vara a seta
até... radar?.. — a sós arada reta

Coxias

A costureira transsexual (nascida na Bolívia) que cantarolava Julia Wolfe: Fire in my mouth: II. Factory, *que tinha seu passaporte confiscado pelos patrões (nascidos na Coreia do Sul) cometeu um suicídio tchekhoviano em sete de dezembro de 2021. O estúdio-oficina – pedal, motor – não se localizava em Ítaca (delírio da costureira). O estúdio-oficina – correia, volante – não se localizava em Monte-Carlo (delírio da costureira). Localizava-se, clandestino, em São Paulo: no Bom Retiro. Uma costureira sem passaporte (nascida na Venezuela) foi contratada. A costureira boliviana foi esquecida.*

m m m m m
am am am am am
ami ami ami ami ami
Cami Cami Cami Cami Cami
Camis Camis Camis Camis Camis
Camisa Camisa Camisa Camisa Camisa
Camisa. Camisa. Camisa. Camisa. Camisa.

No porão do estúdio-oficina, simultaneamente, uma impressora estampa idênticos-inválidos códigos QR em imponentes bandeiras.

1, 2, 3:

Em 2'36", de repente, a música é substituída por John Cage: Imaginary landscape n.º 1 *(ref. gravação da Manhattan Percussion Ensemble, de 1960); a partir de 2'37".* ***O quadrado malevichiano de uma cela em que Mefistófeles materializa-se para travar uma transação* alma-cigarros** *e* Imaginary landscape n.º 1 *perdura. Em 5'23", oscilantes iluminações da coxia do piano sugerem Charlotte; ela assopra um fagote (integrando-se à paisagem de Cage): Igor Stravinsky:* Le sacre du printemps *[o início da* Parte 1. Introdução, *o suficiente para que seja reconhecível].* ***Ad Reinhardt:* Abstract painting**. *Em 6'53", oscilantes iluminações da outra coxia sugerem Fausto criança,* pretérita *menina; ela gira uma caixinha de música (integrando-se à paisagem de Cage): Robert Schumann:* Kinderszenen, Op. 15: 7. Träumerei *[o suficiente para que seja reconhecível].* Imaginary landscape n.º 1 *– ao desfecho.* ***Rolling Stones:* Paint it, black*; a partir de 2'16".***

On est dans les coulisses,
là où tombent les masques.

4:

*Interior do estado de São Paulo, 2016; dezembro. Noite. Mariana, uma adolescente, e Fausto estão no repugnante banheiro de um posto de gasolina – fechado, abandonado? –, ermo, à beira de uma rodovia. No chão-*cinzeiro, pontudo, *a*

Fonte *de Marcel Duchamp. Mariana berraÁá! Para Mariana, cada movimento é um pequeno, lento e cáustico circuito infinito. Fausto riHá! Para Fausto, cada movimento é linear, acelerado e orgástico. Um, dois, três, catorze movimentos: que compõem uma suíte: que, por sua vez, também configura, para Mariana, um cáustico circuito infinito. Ao término do movimento-soneto* Catorze*:* **o carvão de um dos cavalos da *grotte Chauvet* às três da manhã***?*

5:

Começa a tocar Seu Jorge: Space oddity*; a partir de 3'05", até o final.* ***Black Flag:*** **Spray paint**.

6, 7, 8, 9:

Rápido ***Vantablack (ref. Anish Kapoor:*** **Non-object black***): 1".*

Rápido ***Vantablack (ref. Anish Kapoor:*** **Black absence***): 1".*

Rápido ***Vantablack (ref. Anish Kapoor:*** **Void Pavilion VII** ***[Palazzo Strozzi], um dos retângulos)****: 1".*
[Duradouro ***Vantablack (ref. Anish Kapoor:*** **Landscape void***: ∞".]*

10:

Um **espresso**. *Começa a tocar* A música das nádegas *(ref. Hieronymus Bosch:* La pintura del madroño / O jardim das delícias terrenas*).*

11:

Black 4.0 (ref. Stuart Semple:* 150 ml, £ 45,99; I am not Anish Kapoor and I am happy with Cookies*).

12:

*Interior do estado de São Paulo, 2016; dezembro. Noite. Mariana, uma adolescente, e Fausto estão no repugnante banheiro de um posto de gasolina – fechado, abandonado? –, ermo, à beira de uma rodovia. No chão-*cinzeiro, pontudo, *a* Fonte *de Marcel Duchamp. Fausto riHá! Para Fausto, cada movimento é linear, acelerado e orgástico. Mariana berraÁá! Para Mariana, cada movimento é um pequeno, lento e cáustico circuito infinito. Um, dois, três, catorze movimentos: que compõem uma suíte: que, por sua vez, também configura, para Mariana, um cáustico circuito infinito. Ao término do movimento-soneto* Catorze*:* **o carvão de um dos cavalos da *grotte Chauvet* às três da manhã?**

13:

Em 2'13", Fausto sai. Em 2'52", ***blecaute.***

Mon Ombre à moi
est une jolie marine
de Raoul Dufy
et elle est aussi horrible
que la sienne.

cortina – Voz *cortina* – Voz *cortina* – Voz *cortina* – Voz
– Voz *cortina* – Voz *cortina* – Voz *cortina* – Voz *cortina*
cortina – Voz *cortina* – Voz *cortina* – Voz *cortina* – Voz
– Voz *cortina* – Voz *cortina* – Voz *cortina* – Voz *cortina*
cortina – Voz *cortina* – Voz *cortina* – Voz *cortina* – Voz
– Voz *cortina* – Voz *cortina* – Voz *cortina* – Voz *cortina*
cortina – Voz *cortina* – Voz *cortina* – Voz *cortina* – Voz
– Voz *cortina* – Voz *cortina* – Voz *cortina* – Voz *cortina*
cortina – Voz *cortina* – Voz *cortina* – Voz *cortina* – Voz
– Voz *cortina* – Voz *cortina* – Voz *cortina* – Voz *cortina*
cortina – Voz *cortina* – Voz *cortina* – Voz *cortina* – Voz
– Voz *cortina* – Voz *cortina* – Voz *cortina* – Voz *cortina*
cortina – Voz *cortina* – Voz *cortina* – Voz *cortina* – Voz
– Voz *cortina* – Voz *cortina* – Voz *cortina* – Voz *cortina*
cortina – Voz *cortina* – Voz *cortina* – Voz *cortina* – Voz
– Voz *cortina* – Voz *cortina* – Voz *cortina* – Voz *cortina*
cortina – Voz *cortina* – Voz *cortina* – Voz *cortina* – Voz
– Voz *cortina* – Voz *cortina* – Voz *cortina* – Voz *cortina*
cortina – Voz *cortina* – Voz *cortina* – Voz *cortina* – Voz
– Voz *cortina* – Voz *cortina* – Voz *cortina* – Voz *cortina*
cortina – Voz *cortina* – Voz *cortina* – Voz *cortina* – Voz
– Voz *cortina* – Voz *cortina* – Voz *cortina* – Voz *cortina*
cortina – Voz *cortina* – Voz *cortina* – Voz *cortina* – Voz
– Voz *cortina* – Voz *cortina* – Voz *cortina* – Voz *cortina*
cortina – Voz *cortina* – Voz *cortina* – Voz *cortina* – Voz
– Voz *cortina* – Voz *cortina* – Voz *cortina* – Voz *cortina*
cortina – Voz *cortina* – Voz *cortina* – Voz *cortina* – Voz
– Voz *cortina* – Voz *cortina* – Voz *cortina* – Voz *cortina*
cortina – Voz *cortina* – Voz *cortina* – Voz *cortina* – Voz
– Voz *cortina* – Voz *cortina* – Voz *cortina* – Voz *cortina*
cortina – Voz *cortina* – Voz *cortina* – Voz *cortina* – Voz
– Voz *cortina* – Voz *cortina* – Voz *cortina* – Voz *cortina*
cortina – Voz *cortina* – Voz *cortina* – Voz *cortina* – Voz

cortina – Voz *cortina* – Voz *cortina* – Voz *cortina* – Voz
– Voz *cortina* – Voz *cortina* – Voz *cortina* – Voz *cortina*
cortina – Voz *cortina* – Voz *cortina* – Voz *cortina* – Voz
– Voz *cortina* – Voz *cortina* – Voz *cortina* – Voz *cortina*
cortina – Voz *cortina* – Voz *cortina* – Voz *cortina* – Voz
– Voz *cortina* – Voz *cortina* – Voz *cortina* – Voz *cortina*
cortina – Voz *cortina* – Voz *cortina* – Voz *cortina* – Voz
– Voz *cortina* – Voz *cortina* – Voz *cortina* – Voz *cortina*
cortina – Voz *cortina* – Voz *cortina* – Voz *cortina* – Voz
– Voz *cortina* – Voz *cortina* – Voz *cortina* – Voz *cortina*
cortina – Voz *cortina* – Voz *cortina* – Voz *cortina* – Voz
– Voz *cortina* – Voz *cortina* – Voz *cortina* – Voz *cortina*
cortina – Voz *cortina* – Voz *cortina* – Voz *cortina* – Voz
– Voz *cortina* – Voz *cortina* – Voz *cortina* – Voz *cortina*
cortina – Voz *cortina* – Voz *cortina* – Voz *cortina* – Voz
– Voz *cortina* – Voz *cortina* – Voz *cortina* – Voz *cortina*
cortina – Voz *cortina* – Voz *cortina* – Voz *cortina* – Voz
– Voz *cortina* – Voz *cortina* – Voz *cortina* – Voz *cortina*
cortina – Voz *cortina* – Voz *cortina* – Voz *cortina* – Voz
– Voz *cortina* – Voz *cortina* – Voz *cortina* – Voz *cortina*
cortina – Voz *cortina* – Voz *cortina* – Voz *cortina* – Voz
– Voz *cortina* – Voz *cortina* – Voz *cortina* – Voz *cortina*
cortina – Voz *cortina* – Voz *cortina* – Voz *cortina* – Voz
– Voz *cortina* – Voz *cortina* – Voz *cortina* – Voz *cortina*
cortina – Voz *cortina* – Voz *cortina* – Voz *cortina* – Voz
– Voz *cortina* – Voz *cortina* – Voz *cortina* – Voz *cortina*
cortina – Voz *cortina* – Voz *cortina* – Voz *cortina* – Voz
– Voz *cortina* – Voz *cortina* – Voz *cortina* – Voz *cortina*
cortina – Voz *cortina* – Voz *cortina* – Voz *cortina* – Voz
– Voz *cortina* – Voz *cortina* – Voz *cortina* – Voz *cortina*
cortina – Voz *cortina* – Voz *cortina* – Voz *cortina* – Voz
– Voz *cortina* – Voz *cortina* – Voz *cortina* – Voz *cortina*
cortina – Voz *cortina* – Voz *cortina* – Voz *cortina* – Voz

Epílogo: paisagem inimaginável

Sala de estar, 2024. Era, é: 2024. Intui-se que uma sala interna à casa representada em L'Empire des Lumières II / Sobrado, *de René Magritte – porque Nala e Alan estão à mesa diante do pacote pardo; porque se nota, no exterior, o céu diurno e um cenário noturno: construções noturnas, árvores noturnas. E o topo do poste. E as árvores, em chamas. Intui-se que a sala de estar, no segundo andar. Encostados pela sala: um* Un farmacèutic aixecant amb extrema precaució la cutícula d'un piano de cua, *de Salvador Dalí; e um* Mountains and sea, *de Helen Frankenthalen; e dois* Mont Saint-Victoire, *de Paul Cézanne. Em um cavalete de madeira, um (parcial)* Mangeur de s-. *Começa a tocar Tom Waits:* Closing Time; *a partir de 0'09".*

O inimaginável

Alan Eu não imaginava.
Nala [*aflita*] Que o incêndio–?
Alan Devastador.
Nala [*aflita*] Que o incêndio–?
Alan Devoraria este sobrado.
Nala [*aflita*] Que o incêndio–?
Alan Devoraria, até, ironicamente, o (parcial) *Mangeur de soleil.* Por quanto venderíamos esse?
Nala [*aflita*] Desastre.
Alan Uma pena; e: o Dalí e o Frankenthalen e os dois Cézanne. Uma pena, mas nossa arte sobreviverá. Difusa. Múltipla. Até que– Sabe do que preciso? De um drinque.
Nala [?] Um drinque? Você encontrou?
Alan [?] Encontrou o quê?
Nala [*aflita*] No celular? Você–?

Alan O aplicativo do banco. Mas: basta. Ao Negroni.
Nala [*aflita*] *O quê?* Por quê?
Alan Você prefere: Champagne? O Ruinart?
Nala [*?*] Eu? O Champagne? É – o Ruinart; mas: não: por que o aplicativo do banco? Por que você não está procurando por escapes? O aplicativo do banco?
Alan Para certificar-me se o oligarca depositou pelo Kandinsky. Escapes? Óhh, Nala, não, não: não há escapes. Não há saídas de emergência.
Nala Não há saídas de emergência.

Pausa.

O Ruinart – ou um Negroni?
Alan Ambos?

Nala coloca-se de pé e pega (e espoca) o Champagne. Uma taça. Alan coloca-se de pé e pega: uma garrafa de Principe de los Apóstoles; uma garrafa de Martini Rosso; uma garrafa de Campari. Os rótulos: primorosos – e os conteúdos? Correspondentes? Réplicas? O gim (1/3) + O vermute (1/3) + O Campari (1/3). Um copo.

O drinque derradeiro.

Brindam.

Ao drinque derradeiro.

Nala Será que foi o entregador?

Alan O incendiário? Uma conspiração? Mas o que ele ganharia com isso?

Nala Luta de classes? Aniquilamento? Ou: piromania?

Alan Significativa realização, de qualquer modo. Lois Dodd: *Burning house, night, vertical*; Giuseppe Arcimboldo: *Ignis*; Maria Helena Vieira da Silva: *A biblioteca em fogo*; Ed Ruscha: *Burning Gas Station*; Cy Twombly: *Fifty days at Iliam: The fire that consumes all before it*. Tableaux vivants : assassins.

Nala Ha. Radicais. O oligarca depositou?

Alan Não.

Nala E o saldo–?

Alan Baixo.

Nala Qual foi nossa realização mais significativa?

Alan Monetária ou estética?

Nala Monetária, foi o Modigliani. Estética?

Alan O Rubens?

Nala Trabalhoso.

Alan Aqueles pigmentos.

Nala Eles sobreviverão. O Rubens, o Modigliani.

Alan Até que: descobertos e–

Nala Algum sobreviverá, algum tomará o lugar do original.

Alan São excelentes.

Na mesa: uma paleta; e o polegar de Nala na paleta – e ela aplica um volume (derradeiro) em um dos Mont Saint-Victoire.

Nala Imbatíveis. Do Rubens aos Liu Jianhua. Ha. Sobreviverão. Até que o incêndio ramificado por toda parte.

Em 2'41", escuta-se a silhueta de um guincho agônico.

Alan O vizinho.
Nala Devorado. Nós guincharemos em agonia?
Alan [*recurvando-se: coreografia-convite*] Uma dança?

Em 3'00", Closing time, *em* fade out, *funde-se com, em* fade in, *a partir de 3'00", Johannes Brahms:* Quinteto para clarinete em Si Menor, Op. 115, II. Adagio *(ref. gravação de Thorsten Johanns e Aris Quartett).*

Nala A dança derradeira.

Acaba o suave-errático delay. *Personagem pictórico/Pianista levanta-se da banqueta e deixa o Steinway & Sons, intervenção de Frank Lloyd Wright – para: degrau, degrau, degrau; sair. Silentes, Nala e Alan dançam. Rodopiam. Rodopiam.*

Alan [*rodopiante*] Sem bagagem.

Alan escorrega o copo dos dedos. Nala escorrega a taça dos dedos.

~

Nala [*rodopiante*] Sem balança.

Tyger Tyger, burning bright

Alan [*rodopiante*] Uma memória? Uma memória relevante? A memória derradeira.
Nala [*rodopiante*] Óhh, Alan. Uma memória relevante? Complicado. E você?

Pausa.

Alan [*rodopiante*] Difícil.
Nala [*rodopiante*] Poderíamos engendrar memórias para pessoas aleatórias. Ou para personagens pictóricos.
Alan [*rodopiante*] Memórias de mentira.

Por um átimo-lampejo, confia-se que o casal
se desvinculou – duplicatas: confia-se que
Alan rodopia com ele mesmo (e sua memória
engendrada) e que Nala rodopia com ela mesma

(e sua memória engendrada). No átimo-lampejo seguinte, Alan e Nala rodopiam reunidos:

alAla
NalA
laNal
AlaN

Nala [*rodopiante*] E o que faz com que as memórias de mentira não sejam, em si, autênticas?

alAla
NalA
laNal

Alan [*rodopiante*] Reencenações forjadas. Autênticas.

AlaN

Nala [*rodopiante*] E esta dança – abrindo saídas, para nós, de emergência. Não?

Pelo oriente, entra na sala de estar o incêndio: o incêndio tem carmins de Cy Twombly, laranjas de Ed Ruscha, ocres de Maria Helena Vieira da Silva, dourados de Giuseppe Arcimboldo, âmbares de Lois Dodd; e, ao término do movimento, em 12'51", uma espécie de blecaute reverso: um clarão ofuscante, insuportável, e a temperatura insuportável, células e epiderme, derme, hipoderme, tecidos e fibras derretendo, e o teatro, derretendo, é engolido por línguas de fogo.

cortina – Voz *cortina* – Voz *cortina* – Voz *cortina* – Voz
– Voz *cortina* – Voz *cortina* – Voz *cortina* – Voz *cortina*
cortina – Voz *cortina* – Voz *cortina* – Voz *cortina* – Voz
– Voz *cortina* – Voz *cortina* – Voz *cortina* – Voz *cortina*
cortina – Voz *cortina* – Voz *cortina* – Voz *cortina* – Voz
– Voz *cortina* – Voz *cortina* – Voz *cortina* – Voz *cortina*
cortina – Voz *cortina* – Voz *cortina* – Voz *cortina* – Voz
– Voz *cortina* – Voz *cortina* – Voz *cortina* – Voz *cortina*
cortina – Voz *cortina* – Voz *cortina* – Voz *cortina* – Voz
– Voz *cortina* – Voz *cortina* – Voz *cortina* – Voz *cortina*
cortina – Voz *cortina* – Voz *cortina* – Voz *cortina* – Voz
– Voz *cortina* – Voz *cortina* – Voz *cortina* – Voz *cortina*
cortina – Voz *cortina* – Voz *cortina* – Voz *cortina* – Voz
– Voz *cortina* – Voz *cortina* – Voz *cortina* – Voz *cortina*
cortina – Voz *cortina* – Voz *cortina* – Voz *cortina* – Voz
– Voz *cortina* – Voz *cortina* – Voz *cortina* – Voz *cortina*
cortina – Voz *cortina* – Voz *cortina* – Voz *cortina* – Voz
– Voz *cortina* – Voz *cortina* – Voz *cortina* – Voz *cortina*
cortina – Voz *cortina* – Voz *cortina* – Voz *cortina* – Voz
– Voz *cortina* – Voz *cortina* – Voz *cortina* – Voz *cortina*
cortina – Voz *cortina* – Voz *cortina* – Voz *cortina* – Voz
– Voz *cortina* – Voz *cortina* – Voz *cortina* – Voz *cortina*
cortina – Voz *cortina* – Voz *cortina* – Voz *cortina* – Voz
– Voz *cortina* – Voz *cortina* – Voz *cortina* – Voz *cortina*
cortina – Voz *cortina* – Voz *cortina* – Voz *cortina* – Voz
– Voz *cortina* – Voz *cortina* – Voz *cortina* – Voz *línguas*
cortina – Voz *cortina* – Voz *cortina* – Voz *línguas* – Voz
– Voz *cortina* – Voz *cortina* – Voz *línguas* – Voz *línguas*
cortina – Voz *cortina* – Voz *línguas* – Voz *línguas* – Voz
– Voz *cortina* – Voz *línguas* – Voz *línguas* – Voz *línguas*
cortina – Voz *línguas* – Voz *línguas* – Voz *línguas* – Voz
– Voz *línguas* – Voz *línguas* – Voz *línguas* – Voz *línguas*
línguas – Voz *línguas* – Voz *línguas* – Voz *línguas* – Voz

línguas – Voz *línguas* – Voz *línguas* – Voz *línguas* – Voz
– Voz *línguas* – Voz *línguas* – Voz *línguas* – Voz *línguas*
línguas – Voz *línguas* – Voz *línguas* – Voz *línguas* – Voz
– Voz *línguas* – Voz *línguas* – Voz *línguas* – Voz *línguas*
línguas – Voz *línguas* – Voz *línguas* – Voz *línguas* – Voz
– Voz *línguas* – Voz *línguas* – Voz *línguas* – Voz *línguas*
línguas – Voz *línguas* – Voz *línguas* – Voz *línguas* – Voz
– Voz *línguas* – Voz *línguas* – Voz *línguas* – Voz *línguas*
línguas – Voz *línguas* – Voz *línguas* – Voz *línguas* – Voz
– Voz *línguas* – Voz *línguas* – Voz *línguas* – Voz *línguas*
línguas – Voz *línguas* – Voz *línguas* – Voz *línguas* – Voz
– Voz *línguas* – Voz *línguas* – Voz *línguas* – Voz *línguas*
línguas – Voz *línguas* – Voz *línguas* – Voz *línguas* – Voz
– Voz *línguas* – Voz *línguas* – Voz *línguas* – Voz *línguas*
línguas – Voz *línguas* – Voz *línguas* – Voz *línguas* – Voz
– Voz *línguas* – Voz *línguas* – Voz *línguas* – Voz *línguas*
línguas – Voz *línguas* – Voz *línguas* – Voz *línguas* – Voz
– Voz *línguas* – Voz *línguas* – Voz *línguas* – Voz *línguas*
línguas – Voz *línguas* – Voz *línguas* – Voz *línguas* – Voz
– Voz *línguas* – Voz *línguas* – Voz *línguas* – Voz *línguas*
línguas – Voz *línguas* – Voz *línguas* – Voz *línguas* – Voz
– Voz *línguas* – Voz *línguas* – Voz *línguas* – Voz *línguas*
línguas – Voz *línguas* – Voz *línguas* – Voz *línguas* – Voz
– Voz *línguas* – Voz *línguas* – Voz *línguas* – Voz *línguas*
línguas – Voz *línguas* – Voz *línguas* – Voz *línguas* – Voz
– Voz *línguas* – Voz *línguas* – Voz *línguas* – Voz *línguas*
línguas – Voz *línguas* – Voz *línguas* – Voz *línguas* – Voz
– Voz *línguas* – Voz *línguas* – Voz *línguas* – Voz *línguas*
línguas – Voz *línguas* – Voz *línguas* – Voz *línguas* – Voz
– Voz *línguas* – Voz *línguas* – Voz *línguas* – Voz *línguas*
línguas – Voz *línguas* – Voz *línguas* – Voz *línguas* – Voz
– Voz *línguas* – Voz *línguas* – Voz *línguas* – Voz *línguas*
línguas – Voz *línguas* – Voz *línguas* – Voz *línguas* – Voz

Duas canções populares 2. Duplo Falso Par, *em versão pregressa, foi apresentado, pela primeira vez – por André Mehmari e Maria João –, em show no Savassi Festival, no Teatro do CCBB-BH, em Belo Horizonte, MG, no dia 18 de agosto de 2022. O texto foi originalmente elaborado como letra para música de André Mehmari.*

Escrito na residência Art Omi: Writers (Ghent, Nova York, EUA), entre 24 de março e 21 de abril de 2023, Duas canções populares 1. O tigre, tigre avança, *em versão adaptada, foi apresentado, pela primeira vez, em show na* 4ª Sessões da Canção *do estúdio Brasil Nativo, em Curitiba, PR, no dia 17 de junho de 2023.*

Arcaicos cantos de Caronte 1. Segundo movimento, Arcaicos cantos de Caronte 2. Quarto movimento, Aqueronte: condições climáticas 1. ?º *e* Aqueronte: condições climáticas 2. ?º [inabalável?], *em versões pregressas, foram apresentados, pela primeira vez, na Igreja Nossa Senhora das Mercês, em Tiradentes, MG, no dia 22 de novembro de 2023; a* performance *aconteceu no Festival Artes Vertentes – incorporada ao espetáculo* Cantos de Caronte, *de Leonardo Martinelli, com Michel de Souza, Luca Raele, Iberê Carvalho, Augusto Andrade e Bruno Santos. Os textos foram originalmente elaborados como letras para música de Leonardo Martinelli.*

Paisagens imaginárias 1. São Paulo: espelhos e mapas, *em versão adaptada, foi apresentado, pela primeira vez, em show no Festival Artes Vertentes, no Palco Canudos (Museu Casa Padre Toledo), em Tiradentes, MG, no dia 26 de novembro de 2023.*

O primeiro registro da composição de A bússola adúltera *é de 26 de agosto de 2019 (São Paulo, SP).*

Partes de A bússola adúltera *foram escritas – ou esboçadas (principalmente, a estrutura do projeto) – em uma residência do Festival Artes Vertentes (Tiradentes, MG), entre 16 e 26 de novembro de 2023.*

O processo de criação de A bússola adúltera *teve continuidade durante uma* fellowship *na Santa Maddalena Foundation, em Donnini, Toscana, Itália, entre 30 de novembro e 22 de dezembro de 2023.*

E continuidade durante uma residência na Sangam House, em Bangalore, Índia, entre 3 e 30 de janeiro de 2024. Agradeço ao apoio do Itamaraty – Ministério das Relações Exteriores e da Embaixada do Brasil em Nova Delhi.

O livro foi concluído no dia 22 de fevereiro de 2024 (São Paulo, SP).

© Helena Franco

Felipe Franco Munhoz nasceu em São Paulo (1990). Graduado em Comunicação Social pela UFPR, é autor dos livros “Mentiras” (Nós, 2016), que recebeu uma Bolsa Funarte de Criação Literária, “Identidades” (Nós, 2018), “Lanternas ao nirvana” (Record, 2022) e “Dissoluções” (Record, 2024). Seu trabalho obteve críticas favoráveis de jornais como Folha de S.Paulo, O Estado de S. Paulo, O Globo, Valor Econômico e Estado de Minas. Sobre “Mentiras”, Paulo Henriques Britto disse: “Belo trabalho de metaficção”; e Raimundo Carrero: “Grande, belo e corajoso livro. Lições de diálogo”. Sobre “Identidades”, “fascinado”, Caetano Veloso disse: “Nunca encontrei nada parecido dentre as coisas que pessoas jovens me dão para olhar. Mesmo as rubricas de cena são poesia. ‘Identidades’ tem um lugar único na literatura brasileira contemporânea”. Sobre “Lanternas ao nirvana”, Antonio Carlos Secchin disse: “Os poemas procuram seu leitor. Os de Felipe Franco Munhoz bateram à minha porta, e, pela alta qualidade da poesia, foram muito bem acolhidos”; e Cristovão Tezza:

"Extraordinário, de um grande talento poético que é Felipe Franco Munhoz". Sobre "Dissoluções", Daniel Benevides disse: "Não há certezas, como se o autor, o paulistano Felipe Franco Munhoz, reafirmasse o conceito de que nada pode ser realmente dito. As palavras disparam, tentam, contorcem-se e lançam estilhaços de significados. Munhoz cerca seus temas por todos os lados, mas sempre deixa uma brecha, uma dúvida. Construída como uma peça-poema, a obra traz personagens de carne e osso e abstratos, no limite da existência. As rubricas, que muito lembram o Samuel Beckett das peças curtas, são elas mesmas peças de um quebra-cabeça lírico – ou antilírico." Traduziu, do russo, a seleta de poemas de A. Púchkin "O Cavaleiro de Bronze e outros poemas" (Kalinka, 2022), premiado com uma menção honrosa da ABRALIC. Franco Munhoz apresentou leituras, performances e participou de debates em espaços e festivais como The University of Chicago (EUA) – apoiado pelo Instituto Guimarães Rosa –, Sorbonne Université (França), U.S. Department of State (EUA), City of Asylum's LitFest (EUA), The University of Iowa (EUA), Universidade de São Paulo, Newark Public Library (EUA), Festival Literário de Macau (Macau), Flup, Embaixada do Brasil em Berlim (Alemanha) e Indian Institute for Human Settlements (Índia); sua ficção e poesia já foram publicadas em veículos como Electric Literature's The Commuter (EUA), Words Without Borders (EUA), Revue Catastrophes (França), Ponto Final (Macau) e O Estado de S. Paulo. Foi contemplado com as fellowships e residências: International Writing Program (EUA) – apoiado pelo Bureau of Educational and Cultural Affairs at the U.S. Department of State –, Santa Maddalena Foundation (Itália), MacDowell (EUA), Ucross Foundation (EUA), Art Omi: Writers (EUA), Sangam House (Índia) – apoiado pelo Itamaraty – e Festival Artes Vertentes (Tiradentes, MG).

Impressão: Midiograf
Tiragem: 1.000 exemplares
Tipografia: Minion Pro
Papel: Pólen bold 90 g/m²